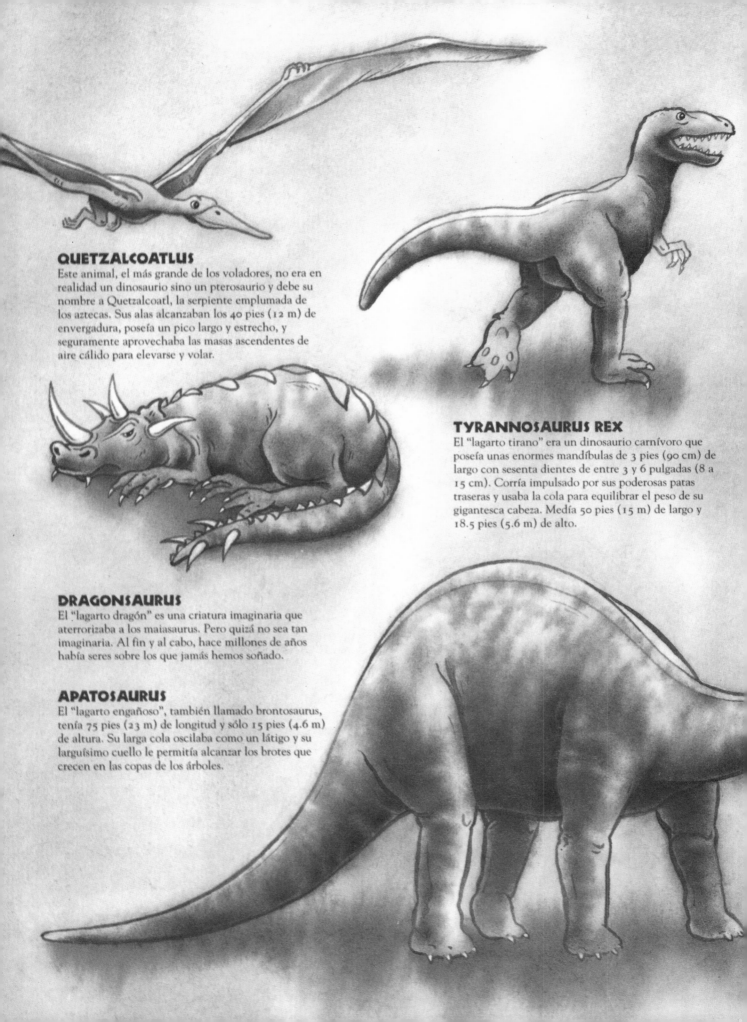

QUETZALCOATLUS

Este animal, el más grande de los voladores, no era en realidad un dinosaurio sino un pterosaurio y debe su nombre a Quetzalcoatl, la serpiente emplumada de los aztecas. Sus alas alcanzaban los 40 pies (12 m) de envergadura, poseía un pico largo y estrecho, y seguramente aprovechaba las masas ascendentes de aire cálido para elevarse y volar.

DRAGONSAURUS

El "lagarto dragón" es una criatura imaginaria que aterrorizaba a los maiasaurus. Pero quizá no sea tan imaginaria. Al fin y al cabo, hace millones de años había seres sobre los que jamás hemos soñado.

APATOSAURUS

El "lagarto engañoso", también llamado brontosaurus, tenía 75 pies (23 m) de longitud y sólo 15 pies (4.6 m) de altura. Su larga cola oscilaba como un látigo y su larguísimo cuello le permitía alcanzar los brotes que crecen en las copas de los árboles.

TYRANNOSAURUS REX

El "lagarto tirano" era un dinosaurio carnívoro que poseía unas enormes mandíbulas de 3 pies (90 cm) de largo con sesenta dientes de entre 3 y 6 pulgadas (8 a 15 cm). Corría impulsado por sus poderosas patas traseras y usaba la cola para equilibrar el peso de su gigantesca cabeza. Medía 50 pies (15 m) de largo y 18.5 pies (5.6 m) de alto.

MAIASAURUS

Los "lagartos madre" incubaban juntos sus huevos en nidos de barro. Los adultos medían 30 pies (9 m) de largo y 15 pies (4.5 m) de alto. Las crías tenían 3 pies (1 m) de longitud y 12 pulgadas (30 cm) de altura.

MAIA

Esta joven hembra de maiasaurus medía al nacer 3 pies (1 m) de largo y 12 pulgadas (30 cm) de alto.

DESTELLO

Dinosaurio fantástico incubado en un huevo extraordinario. Al nacer tenía 3 pies (1 m) de longitud y 12 pulgadas (30 cm) de altura. Una cresta de escamas brillantes le recorría la espalda y la cola.

STEGOSAURUS

El "lagarto blindado" poseía unas espectaculares placas a lo largo del lomo y su tamaño era similar al del elefante: 11 pies (3.4 m) de altura y 25 pies (7.5 m) de longitud. Sus caderas eran la parte más elevada del cuerpo y llevaba la cabeza inclinada hacia abajo para facilitar la búsqueda de alimentos en el suelo.

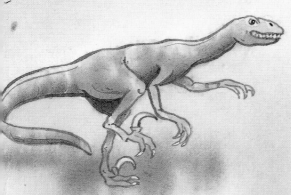

DEINONYCHUS

Este veloz bípedo, cuyo nombre significa "garra terrible", medía 9 pies (2.7 m) de longitud y 5 pies (1.5 m) de altura. Sus largas manos terminaban en afiladas zarpas y el segundo dedo de cada pie contaba con una penetrante garra de 5 pulgadas (13 cm). Probablemente atacaba a dinosaurios de mayor tamaño.

Para las niñas valientes, los niños tímidos
y también para quienes aman la aventura

Otros libros de Marcus Pfister en español:
EL PEZ ARCO IRIS

First Spanish edition published in the United States in 1995 by
Ediciones Norte-Sur, an imprint of Nord-Süd Verlag AG, Gossau Zürich, Switzerland.

Distributed in the United States by North-South Books Inc., New York.

Copyright © 1994 by Nord-Süd Verlag AG, Gossau Zürich, Switzerland
Spanish translation copyright © 1995 by North-South Books Inc.

ISBN 1-55858-387-4 (Spanish trade binding)
ISBN 1-55858-388-2 (Spanish library binding)
1 3 5 7 9 TB 10 8 6 4 2
1 3 5 7 9 LB 10 8 6 4 2
Printed in Belgium

DESTELLO
EL DINOSAURIO

MARCUS PFISTER

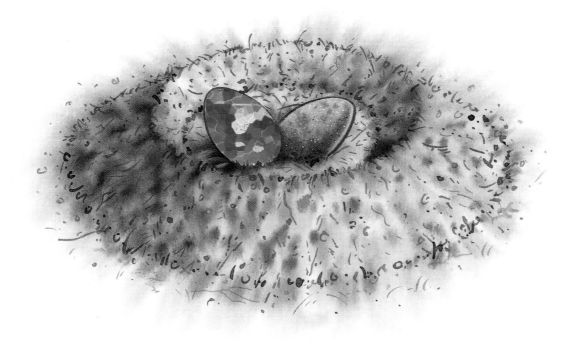

TRADUCIDO POR JOSÉ MORENO

EDICIONES NORTE-SUR

NEW YORK

Cuando regresó a su nido, la mamá maiasarus descubrió asombrada que había otro huevo junto al suyo. Y sin duda se trataba de *otro* huevo.

"¿De dónde habrá venido?" se preguntó. Instintivamente cubrió ambos huevos para protegerlos. El valle era un lugar peligroso donde la comida escaseaba y el agua no era fácil de hallar. Había incluso dinosaurios que saqueaban los nidos en cuanto las madres se descuidaban.

Los demás maiasarus estaban intrigados ante aquel huevo de aspecto tan extraño, y cuando los dos cascarones empezaron a quebrarse acudieron corriendo para ver qué animal surgiría.

Del huevo moteado de la madre salió una hembra encantadora. Las exclamaciones de admiración llenaron todas las bocas. Cuando el otro cascarón empezó a abrirse todos contuvieron el aliento, pero enseguida respiraron aliviados: se trataba de un dinosaurio absolutamente normal.

Los maiasaurus ya estaban a punto de marcharse cuando el recién nacido se estiró bostezando un poquito y, ¡PLOP!, una hilera de placas relucientes apareció en su lomo. Nadie había visto nada igual.

—¿Qué clase de dinosaurio eres tú? —le preguntaron.

—No lo sé —contestó el bebé tímidamente. La mamá maiasaurus no podía alejar la vista de aquellas deslumbrantes escamas.

—Te llamaremos Destello —dijo con ternura.

A su hijita le puso el nombre de Maia, y en poco tiempo los dos jóvenes se hicieron muy amigos. Todos los días salían a jugar o buscaban tallos y raíces para comer, pero nunca se les permitía ir más allá de la arboleda. A su alrededor siempre había un atento maiasaurius vigilando sus movimientos.

Una noche, Maia y Destello seguían despiertos a la hora de dormir.

—¿En qué piensas? —le preguntó Maia a su amigo.

—Me gustaría que pudiéramos explorar el mundo por nuestra cuenta, sin que nadie nos vigilara todo el tiempo —contestó Destello.

—No podemos porque es muy peligroso —dijo Maia—. El deinonychus saquea nuestros nidos, y el tiranosaurus rex nos ahuyenta si nos acercamos al agua.

—¿Entonces por qué vivimos aquí? —preguntó Destello.

—Mamá me ha contado que nuestra familia vivía antes en una cueva, dentro de un valle rodeado de montañas protectoras. En la cueva había un manantial, y el valle estaba repleto de árboles y helechos.

—¿Y qué pasó? —preguntó Destello.

—Hace mucho tiempo, cuando mamá era joven, el malvado dragonsaurus se apoderó de la cueva mientras los maiasaurus estaban en otra parte comiendo. Era tan feroz que se vieron obligados a alejarse.

—No puedo tolerarlo —dijo Destello somnoliento—. Tenemos que expulsarlo de allí.

—Sí —replicó Maia entre bostezos—, tenemos que hacerlo.

Cuando llegó la mañana, los dos pequeños dinosaurios se lanzaron impacientes a la aventura. Se adentraron en la arboleda como todos los días, pero esta vez salieron corriendo y desaparecieron entre las rocas.

Destello estaba un poco asustado, pero Maia lo animó:

—Las montañas están cerca. Si trepamos a esas rocas podremos verlas.

En ese momento las rocas empezaron a temblar y a retumbar. ¡Era un terremoto!

La sacudida los arrojó al suelo. De pronto, una gigantesca stegosaurus apareció frente a ellos. ¡Lo que habían escalado no era una pared rocosa sino el lomo de aquel animal!

—¿Qué hacen tan lejos de casa, pequeños? —preguntó la amable stegosaurus.

—Sólo estábamos jugando —contestó Maia al instante.

—Más vale que tengan mucho cuidado —dijo la stegosaurus—. Por suerte se encontraron conmigo y no con un tyrannosaurus rex.

—Tiene razón —dijo Destello—. Quizás ya deberíamos regresar a casa.

Maia y Destello se pusieron así en marcha hacia la arboleda donde los maiasaurus vigilaban para protegerlos contra cualquier amenaza.

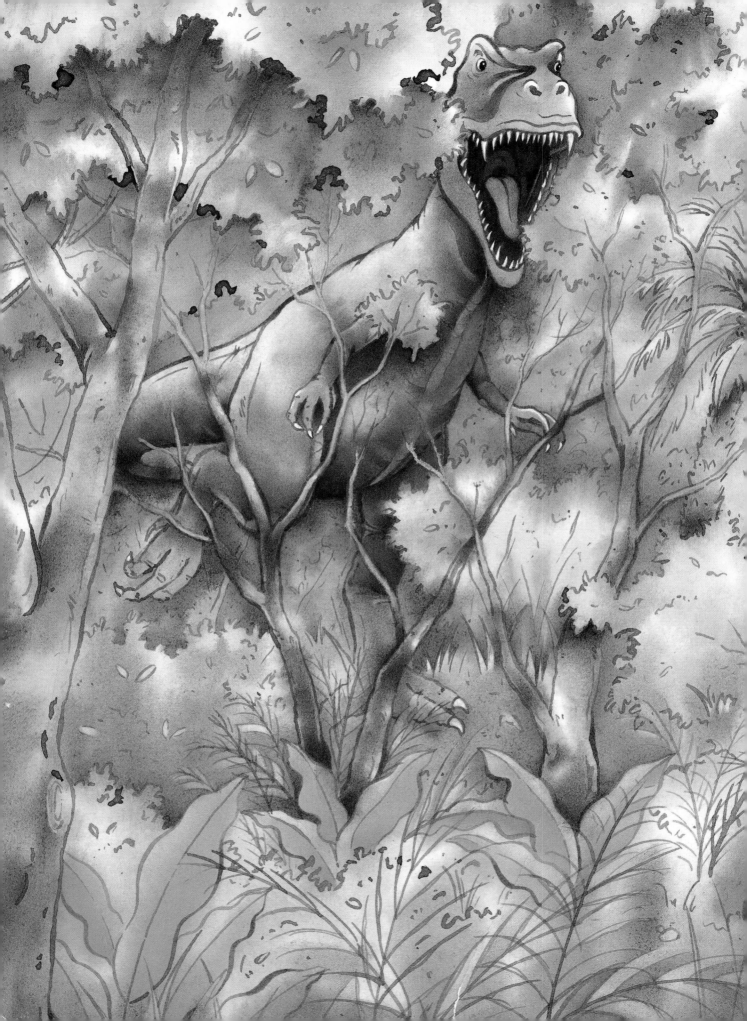

Se disponían a comer unos grandes y apetitosos helechos, cuando oyeron unas pisadas atronadoras y un rugido estremecedor. ¡Un hambriento tyrannosaurus rex había descubierto a los pequeños dinosaurios!

—¡Separémonos! —gritó Maia—. ¡Vuélvete y corre! ¡Escóndete en algún sitio!

Destello se alejó de su amiga y corrió buscando un lugar donde esconderse entre las ramas. Pero las sombras no siempre lo ocultaban, y cuando el sol se reflejaba en sus escamas el tyrannosaurus rex volvía a la carga rugiendo. Por fin, Destello descubrió un hueco cubierto de hierba y allí se acurrucó escondiendo su brillante lomo. Apenas se atrevía a respirar. El tyrannosaurus rex lo buscó entre aullidos y sonoras zancadas, pero finalmente se dio por vencido. Destello esperó un buen rato antes de salir en busca de Maia.

—¡Pobre Destello! —exclamó Maia surgiendo de unos helechos—.
Las escamas te traicionaban. ¡Menos mal que no te ha cazado!

Destello estaba realmente feliz de seguir vivo pero necesitaba
descansar. Los dos amigos se recostaron al abrigo de un tronco cálido y
acogedor y enseguida se quedaron dormidos.

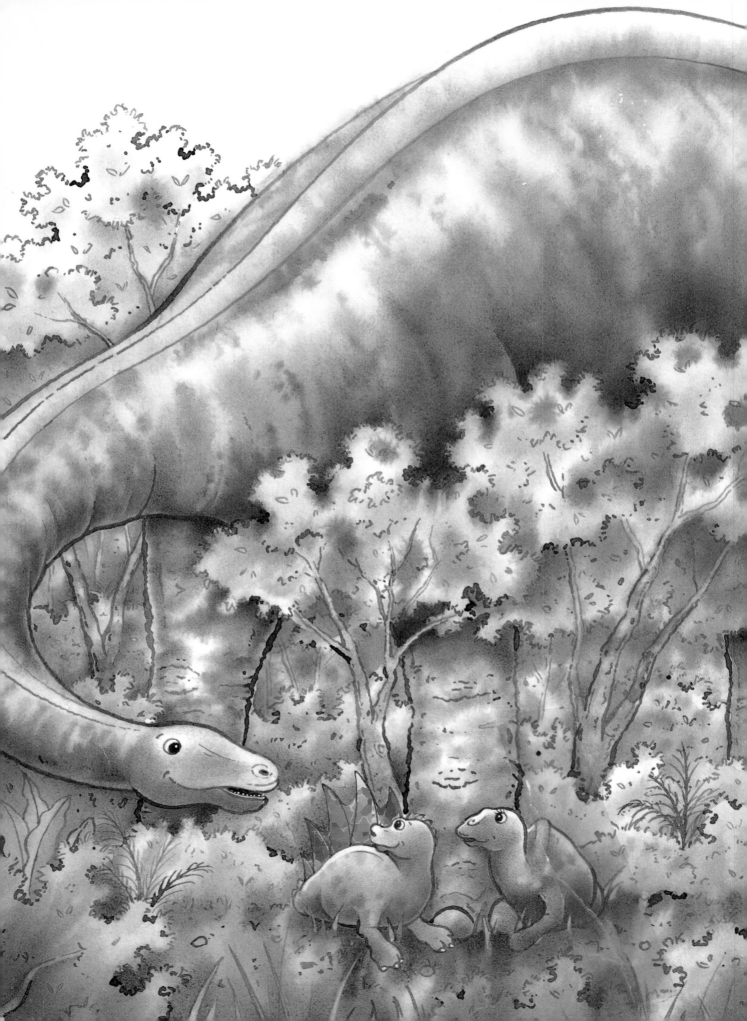

No despertaron hasta que el tronco se levantó del suelo y empezó a sacudirse.

—Siento molestarlos —dijo la profunda voz de un apatosaurus—, pero se me estaba durmiendo la pata. ¿Qué hacen tan lejos de casa?

Esta vez Maia decidió contar la verdad: —Tratamos de encontrar la cueva donde vivía antes mi familia.

—Y nos hemos perdido —continuó Destello—. ¿Podría usted indicarnos el camino...?

Pensaba decir "a casa", pero Maia lo interrumpió para acabar la pregunta de esta manera: — ...para llegar a la cueva?

El apatosaurus onduló su largo cuello con gesto pensativo y respondió: —Aunque el dragonsaurus es un animal feroz, mientras sea de día no hay demasiado peligro. El dragonsaurus le tiene mucho miedo a la luz.

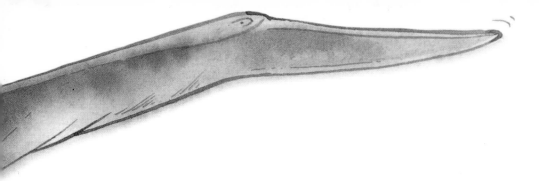

El apatosaurus elevó su cabeza por encima de los árboles y pidió ayuda a los reptiles voladores. Dos pterodactylos y un quetzalcoatlus acudieron a su llamada.

—Yo los llevaré —dijo el quetzalcoatlus, que era lo bastante grande como para transportar a los dos jóvenes—. Pero tenemos que regresar antes del anochecer, no quiero estar cerca del dragonsaurus cuando se despierte.

Al llegar a la cueva el sol de la tarde brillaba entre los árboles del valle. Los dos amigos no habían visto jamás un espectáculo tan hermoso.

Se asomaron a la gruta y observaron que el dragonsaurus dormía profundamente. Debían acabar con él para que su familia pudiera volver a casa, ¿pero cómo?

La valerosa Maia se deslizó hacia el interior. De repente, el monstruo resopló, parpadeó y se irguió sobresaltado.

El dragonsaurus lanzó un potente rugido. ¡Maia estaba atrapada! Destello tenía que actuar sin demora y poniendo su lomo al sol consiguió que el reflejo de los rayos alcanzara los ojos del gigantesco monstruo. El dragonsaurus aulló espantado y trató de huir, pero como afuera también brillaba la luz, siguió corriendo sin parar.

Maia y Destello bebieron agua del manantial y salieron para reunirse con el quetzalcoatlus.

—¿Qué le han hecho al dragonsaurus? —preguntó asombrado—. Se escapó a toda prisa.

—Destello lo asustó con los *destellos* de su magnífica cresta —exclamó Maia—. ¡Me ha salvado la vida!

Los dos pequeños regresaron junto a su familia en alas del quetzalcoatlus y contaron a todos la estupenda noticia. Al día siguiente, Destello y los maiasaurus escalaron las montañas para instalarse en su antigua cueva.

—Mañana exploraremos nuestro nuevo bosque —dijo Maia.

—Sin que nadie nos vigile —añadió Destello.

—Y tus escamas podrán brillar todo lo que quieras —susurró la mamá maiasaurus—, porque aquí estarán seguros.